Det sinnliga blåstället

Dikter av Ove Wahlqvist

Illustrationer av Matheo Yamalakis

Baksidesfotografierna tagna på Zakynthos av
Lena Röpke och Ove Wahlqvist

Förlag och tryck: BoD
ISBN: 978-91-7463-227-9

Ensam i ditt sinnliga blåställ

Under lager av lera,
kylslagna rötter och
oformbara stenar
- en snabb rörelse!
en svag värme!

Där! i det undflyende
måste du bygga
Där i det knappt förnimbara

Inga ritningar gäller
inga beräkningar
Byggfirman upplöstes
som en hägring
Lyftkranarna bröts som tändstickor

Ensam i ditt sinnliga blåställ
lyfter du tumstocken

Vitamintillskott

Vitamintillskott
och ryckiga rekyler

Du klamrar dig fast
vid karusellen,
försöker känna vilka skruvar
som kommer att lossna

Och just när skottet träffar
ser du pariserhjulet
rulla iväg

som om detta var planerat

Jag fyllde ditt hus

Din dörr rämnade
Jag fyllde ditt hus
Jag sprängde låsen,
svävade över trösklarna,
svepte med en magisk gest
blommorna till vila
Jag hade ju berättat för dig
om mina händers kraft,
om ögonblicket som kommit
Men du trodde det återigen
var falskt alarm
Du trodde det fanns tid
Du trodde valet kunde skjutas upp
Så nu är allt fullbordat
Nu bor jag i ditt hus
där allt är förändrat
Nu är du en inneboende,
en främling
Du hyr på korttidskontrakt,
kan vräkas närsomhelst
Jag är värd
Jag bestämmer tapeter,
inredningsdetaljer, bredbandsanslutningar
Jag bestämmer vilka lampor
som får lysa nätterna igenom

Jag bestämmer när dörren ska låsas
Och du kan bara foga dig
Du hade chansen, och försatt den
Du förstod inte valets slutgiltighet
Nu kommer jag aldrig att sluta prata
om allt du förlorat
Du kommer att avsky mig,
men ändå inte kunna bli av med mig
För jag fyllde ditt hus till sista millimetern

Och inte kan jag väl tro
att den oväntade rörelsen i ögonvrån
är ditt långfinger...

Nästa gång jag sviker dig

Nästa gång jag sviker dig
är det bara för ditt eget bästa
- för att härda dig,
för att du ska lära känna livet

Sveket drabbar mig själv hårdast
Det degraderar mig,
gör mig smutsig,
får mig att skämmas

Men det är ju bara
för ditt eget bästa

Vad gör man inte
för sina medmänniskor?

Genom träden föll du

Genom träden föll du
Drog med dig löv och bark
Tung som basilika
med ett enda mål: jord, rötter
Från höga höjder
redan med underjorden
i dina vener
Man såg dig som kungsörn
Men du visste, även i skyn:
lera, grundvatten, urberg
Luftströmmarna bottnade i det djupa
Dina vingar fejkade lyftkraft
men du var alltid en nedkilad, en nedborrad
Maskarna kände dig sedan förr

Och jag såg ditt fall
Det var jag som drog undan skyddsnätet
Ty vi måste alla falla fritt

Nu lever din tyngd
i det groende

Saltomortalerna

Saltomortalerna
gör jag för din skull

Klipporna fanns inte där
förrän du fick mig att söka
vägvisare, avståndsmarkörer

Jag är uttorkad,
blodspåren under ljungen
bär ditt DNA

Än en gång
svingar jag mig upp
mot ställningarnas topp

Högt över publikens huvuden
ser jag ditt sköte glöda

Dela mig inte!

Dela mig inte!
Bevara mina originaldelar
Lägg ut mig på bakluckeloppisen vid Täby Galopp
Alltid finns det väl någon dåre som vill återskapa det förflutna,
som än en gång vill färdas genom det otillgängliga,
som vill nå gränsen där det möjliga upphör

Mina slitna kugghjul gör sig bra där
Man kan se hur jag har fungerat

Men nu är jag till salu

Köp bakgrundsstämmorna
Köp basgången
Köp synkoperna i virveltrumman

Köp mig!

En baklucka är mer än vad jag någonsin
kunnat förvänta mig

Så dela mig inte!
Jag gör mig bäst i mitt sammanhang
Jag gör mig bäst när giriga händer
ryggar tillbaka inför insikten om en oväntad rikedom,
ett oväntat djup
Jag gör mig bäst när tystnaden vibrerar i detaljerna
Jag gör mig bäst när jag

För jag är originalet
Mina kugghjul griper in
Jag känner maskineriet och hur dess delar måste oljas
för att synapserna ska fungera

Mitt jag är oväntat odelbart
Och jag ligger länge kvar på parkeringsplatsen
vid Täby Galopp
- glödande av glädje trots att ingen ville ha mig

Jag är bakluckeloppisens Picasso
Jag vet mitt värde när höststormarna sveper in
och en kokt med bröd
är vår minsta gemensamma nämnare

Jag vet mitt värde

Odelbar går jag mot en skriande tystnad

- detta är jag, detta är jag, detta är jag!

I ditt vrål

I ditt vrål
sår jag skönheten

När din saliv sönderdelar
de teoretiska resonemangen
når jag äntligen fram
till hemligheten:

Sälta, eufori

Än en gång

Än en gång sätter du kurs mot Koltaluokta

Dina händer vilar tryggt mot träratten
M/S Malla känner dina minsta impulser
och du känner hennes

Besökarna ser en väg till Treriksröset
Du ser en väg in i fjällvärldens fascinerande monotoni
- sluttningarna skiftar färg,
molnen uppför spontana teaterstycken
ovanför dvärgbjörkarnas knotanden

Men besökarna är bara på väg
Du är en anhalt i deras resa
De vill kunna pricka av Treriksröset

Så du styr din båt, gnabbas med tjejerna i vandrarkängor,
hör pojkarna tappa sina mobiler i det kalla vattnet,
sjunker in i tidtabellen och det eviga sorlet,
ser ännu några foton tas av din vardag
Du lägger till vid det gamla samevistet
och besökarna traskar iväg längs den enda stigen

Så plockar du upp dem som ska tillbaka,
återvänder än en gång till Kilpisjärvi
- du är en tillförlitlig pendel i vildmarken

När poeterna skildrar fjällvärldens karga skönhet
ler du i mjugg;
utan din fasta hand skulle de ännu sitta
myggbitna i hotellbaren
Nu har de ändå snubblat över rötterna
på stigen mot Treriksröset
tack vare dina trygga händer mot träratten

Eftervärlden har dig att tacka för mycket,
men vad bryr du dig om det?
Du lägger bara in ännu en snus
och förbereder nästa avgång

Snart framme

Igelkottar kan
flyta frusna farthinder
i fjällsjön
när du än en gång
sätter kurs mot
Koltaluokta

Med händerna på
träratten förbannar du
deras taggars oförmåga
att överleva
Men du älskar
deras nosar som ännu i döden
insuper fjällvärldens skönhet

Så får du leva
- aningen försenad
Så vill du dö
- med känsliga ytor
mot eviga sluttningar

Du är snart framme!

Du kommer fram snabbare!

Du kommer fram snabbare!

Redan är du där!

Måste sedan invänta
tidtabellernas frammatande
av din officiella ankomsttid

Så att du blir verklig
även för de blinda

För du var ju där
redan för länge sedan!

Blixtsnabbt
har du alltid
korsat fjällravinerna
- utan att behöva
titta ned!

Spelar jag

Spelar jag

Avståndet
mellan mitt yttre
och mitt inre
ansikte
är 28 meter

Varken mer eller mindre

Därav de korta avbrotten
mellan orden

Därav strimman av ödslighet
i blicken

Spelar jag

29

eller möjligen 27?

Aldrig playback

Allt sker här
smärtsamt nu
- aldrig playback!

Naken på scenen
fångar ni mig
i strålkastarcirkeln

Allt sker nu
smärtsamt här
- aldrig playback!

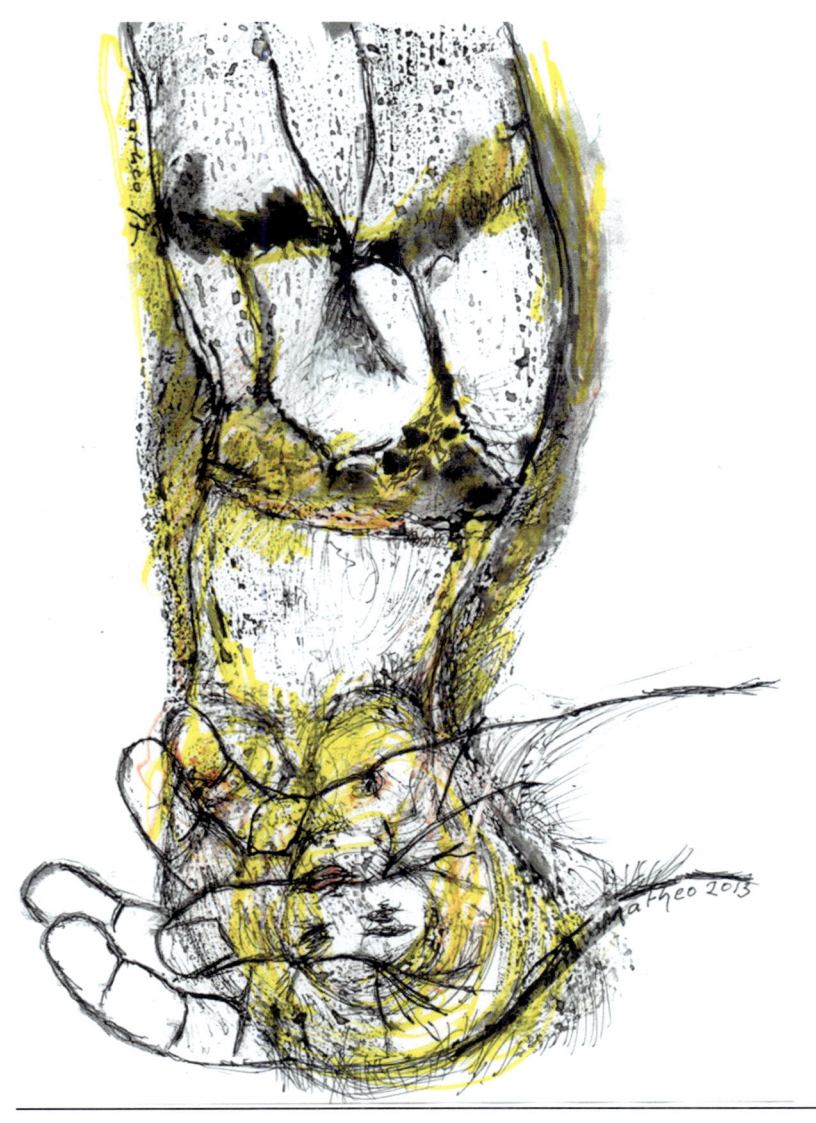

Kamouflage

Blir allt bättre
på kamouflage

Märkte du den svaga skiftningen
i bakgrundsljuset?

Det var jag

Okändis

Okändis

Smälter in i massan

Såg du den svaga krusningen
i cellulosafabrikens cisterner?

Det var jag

Depression

Hjälp, någon kommer!

Dra på ett ansikte
Montera händer
Installera ett hjärta
Koppla stämband

Endast det svaga gnisslet
förråder mig

Döden

Döden
är en skamlös
lurendrejare

Kommer dragandes
med sin skitiga
evighet

Funderar allvarligt
på att säga upp
bekantskapen

Några år efter din död

Några år efter din död
mötte jag dig
vid tunnelbanan

Du såg lite sliten ut

Som om det hela
hade varit ett grymt,
ansträngande skämt

Våra blickar möttes inte

Ingen av oss ville veta

@ugust

Som du skulle ha twittrat, @ugust!
Vilka bloggbataljer du skulle ha utkämpat!
Vid minsta oförrätt skulle cyberrymden ha genljudit
av din vrede
Vid minsta kränkning skulle dina fiender ha fått
känna ditt näthat
Din PC:s tangenter skulle vara slitna, vissa bokstäver
nästan helt utnötta
och det virtuella tangentbordet på din mobil insmörjt
med svett, terpentin och ammoniak
Du skulle ha huggit på varje provokation, startat
facebook-grupper i sömnen,
tillverkat geniala men ändå lättfunna hashtags, suttit
dagar i sträck framför skärmen
som en spelberoende tonåring, men med i dina ögon
högst ädlare mål
Du skulle ha funnit koderna för att hacka
dina fienders konton,
inplanterat djävulska virus och trojaner hos dem som
räknade sig som dina vänner,
men som vid något tillfälle valt fel ord eller väg,
och därmed omedelbart blivit dina bittraste fiender
Du skulle som @rvidfalk ha instagrammat överdådiga
Stockholmsvyer från Mosebacke, och sedan gått nedför
Thor Modéens trappa, njutande av en cigarr medan Röda
rummets figurer tog form i din hjärna

Du skulle ha stått i solskenet på Skeppsbron och sett
socialisternas förstamajtåg dra förbi, skanderat egna
slagord, och sedan satt kurs mot stambordet på Berns
Du skulle ha googlat alkemiska formler, och gjort otaliga
ändringar i Wikipedia-artiklar om vetenskap, ockultism
och obskyra filosofer
Du skulle ha sökt upp alla existerande webbsidor om
svensk historia, och funnit det magiska kommandot för
att deleta dem som inte överensstämde
med din samhällsanalys
Du skulle ha hånat feminismen, och drömt mardrömmar
om fittstim, men heller inte känt dig hemma bland dina
manliga konstnärskollegor i bastun

Och du skulle som vanligt ha snäst åt Siri när hon
försökte hindra dig från att slösa bort din genialitet på
ränksmiderier och väderkvarnsvingar

Du skulle ha flytt till Paris med din bärbara som enda
bagage, tagit in på Pensionat Orfila, suttit vaken nätterna
igenom och skrivit som en dåre för att döva
knackningarna i väggen
Du skulle ha experimenterat med syntetiska droger,
blandat absint med amfetamin och visat dina
konstnärsvänner i Grez-sur-Loing filmer från Andy
Warhol's The Factory

Du skulle ha avskytt black metal, men ändå i hemlighet
avundats musiken dess dödliga energi,
dess kompromisslöshet
Du skulle ha zappat runt bland 83 kanaler och dissat 81
Du skulle ha hatat Usama bin Ladin som en sjuk mjälte,
men gärna sökt upp honom i grottan för att diskutera
över en vattenpipa
Du skulle ha omfamnat och uppskattat hela den digitala
evolutionen, men i hemlighet sett den som ett angrepp på
din egen väl elaborerade livsvisdom
Du skulle ha omarbetat vissa partier i Hemsöborna när
mobilnätet nådde Kymendö, men ändå inte bytt ut
Carlssons höganäskrus
Du skulle ha gjort så mycket, och internet hade varit din
lammunge, utlämnad åt ditt godtycke

Ja, som du skulle ha twittrat och bloggat, @ugust!
Och om du inte var nöjd med din egen vredes verkan
skulle du ha kidnappat miljontals oanvända datorer och
spammat allt från kungahus till multinationella företag
med tvivelaktig moral
Dina tweets skulle ha osat bränt och svidit som eld i en
värld äntligen anpassad efter din koleriska, blixtsnabba
och livsfarliga talang

@ugust – för dig hade 140 tecken räckt långt!

Wordfeud

Hade bara tre bokstäver kvar
varav ett X

Ändå la jag
ROVDJURSBETEENDE
och vann därmed partiet

Åtminstone moraliskt

Rullstolens hjul

Rullstolens hjul nu låsta

Som om detta skulle hindra
mig från himlasprången, tangosnedstegen
och bokföringspiruetterna!

Så lås ni bara hjulen!

Vid eftermiddagsfikat
kommer en kopp
att eka tomt

I Knivsta

I Knivsta
bränner en man föremål
i sin trädgård

Det är en lycklig man

Det är en lycklig man!

Min gud, låt det vara en lycklig man!!

Offentlig handling

Jag är en offentlig handling

Ådrorna på min vänstra handled
slås upp med världskrigsrubriker
på löpsedlarna vid Trafalgar Square

Nyser jag lossnar en bult under Burj Khalifa
och den arabiska våren avstannar
för en kort, hisnande sekund

Somnar jag vid ratten drabbas Fukushima
av ännu en partiell härdsmälta

Känner jag mig orättvist behandlad
drar kalla kårar genom fascismens korridorer

För allt är mitt fel

Jag är en offentlig handling

Jag är Gaius Julius Caesar
Jag är Otto von Bismarck
Men jag är även kvinnan som med mensvärken
molande i ljumskarna såg min man
tvingas ut i strid för kung Gustav
en av de första höstdagarna 1631

Minsta svettdroppe i min panna översvämmar imperierna
Minsta fåniga, osäkra småleende får maktstrukturerna
i de känsliga områdena att skifta
Men hur kan jag ställas till svars?

Jag gjorde ju bara det vi alltid har gjort
Kämpade på
Led
Sa "Jo tack, det knallar. Själv?"

En novemberdag såg du mig
stappla ut i de otillgängliga markerna vid Torneträsk

Där försvann världshistorien - men du hade ingen aning!

Mina gråzoner

Allt är bra

Jag har bara lite ont i mina gråzoner
och ibland svider mitt mörkertal
Men annars är allt bra

Visst kan jag någon gång ibland
känna ett vagt obehag i mina värsta farhågor,
och igår fick jag ta två Alvedon
för att lindra värken i mina analyser
Men nu är allt bra,
och mina urvalsprocesser
är enligt min husläkare utmärkta
- åtminstone för en man i min ålder

Mina felkällor har jag dock
negligerat en aning på senaste tiden
Så där tvingas jag till en punktinsats
innan alltför mycket av grevens tid har förflutit
Men jag känner greven,
och tiden har jag med tiden
lärt mig sila, vaska och förädla
- mina fickor är fyllda med guldkorn
som på kvällarna glänser igenom det slitna byxtyget

Så visst är allt bra

Jag är en statistiskt korrekt varelse
med lagom hög densitet för denna omgivning
Min luftstrupe tolkar utan svårighet syreatomerna
Mitt blod forslar smidigt de viktiga ämnena
runt i mitt system
Min hud kämpar tappert mot strålningen

Ja, allt vore perfekt -
om det nu inte var för den där smärtan
i mina gråzoner och svedan i mitt mörkertal
De gör mina orsakssamband aningen grumliga
Och när mitt namn ropas ut på Bukowskis
kan experterna aldrig förutsäga buden

Men höj en hand om du sitter i salen!

Puttersmälla (Big Bang)

Du minns barndomens puttersmälla
- plast- eller kartongbiten som fästes med en klädnypa
i cykelhjulets ram och sedan
slog mot ekrarna och fick den lilla cykeln
att låta nästan som en motorcykel
- så kan ljudet vara
men kanske lite dovare, mäktigare

För det är just den stadiga upprepningen
Det är just de snabba ljudvågorna

Mellan varje slag trängs miljarder år

Varje gång utfaller det olika;
ibland uppstår aldrig Romarriket,
ibland rör sig de vattenlevande djuren aldrig upp på land,
ibland heter Jesus något helt annat,
ibland hittar Buddha aldrig sina inre själsliga gåvor

- men så ibland..! når mänskligheten fram till den punkt
där dräparen hejdar sin rörelse
och vetenskap och filosofi förenas

Puttersmällan knattrar på

Du fortsätter cykla längs barndomens
välkända gator
lyckligt omedveten om att universum återskapas
varje gång dina slitna sandaler
trycker ned pedalerna

Haikus

Skärtorsdagssolen

Skärtorsdagssolen
skimmar vårvinterfälten
- gryendet lagras!

Vindkraftverken

Vindkraftverken står
stilla i förmiddagssol
- njuter av väntan

Står en ranglig grind

Står en ranglig grind
där vägen nått ett avslut
- dröm dig vidare!

Alldeles stilla

Alldeles stilla
vandrar trädens kolonner
- rotade i flykt!

Gråbyggnadsoro

Gråbyggnadsoro:
om solen skulle dåna
in som en tanke!

Mellan raderna

Jag är bra på att
läsa mellan raderna
- skriver sämre där

matheo 2013

Vissa droppar

Vissa droppar
når inte ens fram
till sitt vatten

Din panna
måste vara vidöppen
för deras träffar!

Så snabbt, så lätt
- sinnets millisekundlånga krumsprång

och du är förändrad!

Dikter från Zante

Jag är svensk

Jag är svensk
Jag står med avgiften redo i handen
Jag förväntar mig att lokalbussen
ska komma till hållplatsen i Argassi 11.20
För så står det på skylten
Solen stiger allt högre
och värmer upp hav och gator
Artemis har fått en egen cocktailbar
och jag rör lite på mina 50-, 20- och 10-centmynt
för att de inte ska bli alltför svettiga i min hand
För jag är svensk
Och det står 11.20 på skylten
Fyrhjulingarna med ovana turister
lämnar Olympic Rentals
och ger sig ut på Zakynthos' gator
En traktor passerar Magic Mushroom Bar
som en försynt påminnelse om att
det finns en historia, en nästan helt dold vardag,
människor som inte lärt sig några fraser svenska
för att locka in förbipasserande till barer
som är öppna 24/7

Klockan är nu 11.26
Jag är svensk, och förväntar mig en
högtalarröst som säger
"Bussen till Zante stad är försenad pga ett sjukdomsfall,
eller en trafikstockning"
Men ingen högtalare finns
Vi väntar
Solen tar alltmer plats
Artemis blandar sina cocktails
Jag är svensk
Jag bär samma Nike-skor som när det var 15 grader kallt
och snöstorm i Stockholm
Nu blir mina mynt allt svettigare
Det finns ju tider att passa!
Det finns ju möten med människor
Det finns ju videofilmer som ska spelas in
av en salongsberusad fotograf
Solen gassar
Jag är svensk, men känner det grekiska
långsamt sippra in i mitt blod
Och jag ler när ännu en turist
rullar iväg på en ovan motorcykel från Olympic Rentals

Och se där, där kommer bussen!

Nöjd sjunker jag ned på ett säte
och far i skramlig luftkonditionerad komfort
in mot Zante stad

Vem är svensk?
Vem är grek?
1,60 euros kostar biljetten
Jamas, Artemis, jamas!

11.20-bussen

Tänk om det inte var 11.20-bussen
som kom 11.32
utan 10.50-bussen, eller t o m 10.20
En hisnande tanke
som öppnar oanade perspektiv
Tänk om jag fortfarande kan hinna med
förra veckans plan mot Barbados
eller t o m badbussen till Sundbyholm
som avgick från Intagsgatan i Eskilstuna
den där varma sommardagen 1963
Tänk om tågen med bortresande vänner
ännu inte lämnat stationerna
Tänk om allt ännu går att ändra,
ställa in, skjuta upp eller fram
Tänk om livsvalen ännu lever
Om pusslet ännu inte är färdiglagt
om bitar kan byta plats
om ett annat motiv är möjligt

För hur ser man skillnad på 11.20-bussen
och 10.50-bussen?
Vem känner till chaufförernas dagsscheman,
utseenden eller namn?
Man tar bara sin plats, rullar iväg

Det känns inte i sätets stoppning
om bussen är 12 minuter eller 40 år försenad
Husen och landskapen som svischar förbi
tiger om sina hemligheter
Och hur gammal är jag som filosoferar
vid fönstret?
Trots stämplar och svårförfalskade mönster
kan mitt ID-kort vara lika fel ute
som jag själv när tvivlen och livsledan huserar

Men det var ändå skönt att bussen kom!
Min biljett lär gälla för evigt

Kanske ska jag bli butiksägare

Kanske ska jag bli butiksägare
på Tavoulari-gatan i Zante stad
Sitta utanför min butik
och låta alla dolda sidor blomma
Sjunga "Stardust"
när en dam från Bremen passerar
Slänga nyskrivna dikter
på barnfamiljen från Norge
Blunda hårt och skaka som en dåre
när EU-ministern vill framstå som folklig
och förhandla med lokalbefolkningen
Kanske ska jag överraska prutaren
med att skänka bort kandelabern
i stilfullt mönstrad mässing
Kanske ska jag diskutera Platons idéer
med den sköra damen från Milanos förorter
Kanske ska jag klä av mig naken
och tillsammans med de förbipasserande skratta
åt allas vår mänskliga skruttig- och skröplighet

Ja, kanska ska jag bli butiksägare

Om världen nu är redo…

Rum 409

Jag är den ensamme mannen i rum 409
Jag ser TV-program på ett språk jag inte förstår
Jag upptäcker tusentals bokstäver i hotellrummets
ojämna tak
men kan inte utnyttja dem
Jag missar veckan barbecue
För jag är den ensamme mannen i rum 409
Luftkonditioneringen på 23 grader
susar mig bort mot drömda Atlantkryssningar
Jag söker svalka, stillhet, ro i min själ,
ett mörker som inte skrämmer
men bara lindrar, vederkvicker
För jag är den ensamme mannen i rum 409
Förgäves planerar ni era utflykter
förgäves grillar ni ert kött
så ångorna sveper in poolbaren i ett grått töcken
Jag kommer inte
Jag har ett liv att balansera
Jag har år att smälta
Jag har begär att formulera
Så ni kommer inte att möta mig på barbecuen ikväll
För jag är den ensamme mannen i rum 409
Biter i andra köttstycken
Sveper annat vin

Låter annat ljus strila in genom gardinerna
Släcker tidigt alla lampor
Drar mig tillbaka
till den punkt där kraften finns
och låser dörren till rum 409
för alla som inte har den rätta nyckeln

Grillos och långsam skymning över Zakynthos
- jag är här! jag är här! jag är här!

Grekland

Grekland, dina blåa skyar
dina knattrande motorcyklar,
dina souvenirstånd och din krisande ekonomi
dina demonstrationer som här på en av dina öar
känns avlägsna, som tillhörande en dokusåpa på TV
För här kvittrar fåglarna och tweetar turisterna
som om världen vore idyllisk och vacker
En grekisk-ortodox präst vandrar sakta uppför gatan
helt klädd i svart
Vad tänker han?
Hur ser han på turisternas färgglada badkläder
och flipflop-ande strandsandaler?
Han lutar sig en stund mot en stenmur i värmen
och fortsätter sedan sin långsamma promenad
i ett alternativt universum,
fjärran från Madonna's "Vogue" som dånar ur
en kraftfull högtalaranläggning längre ned på gatan

Ja du, Grekland, du har mycket att leva upp till
men får även mycket gratis
Vi barbarer besöker, följer och stöttar dig
Vi finns här om Olympens gudar går in i väggen

Vi höjer våra rödbrända armar
och hyllar dig på det enda sätt vi kan;
lite plastigt, lite lättköpt -
med kanske en aning för många oseende blickar
utanför dina kyrkor och minnesmärken

Men vi gör så gott vi kan
Så välkommen hem till oss någon gång!

Då ska vi bära våra vikingahjälmar
med varmt barbariska leenden
och servera dig stora krus
med skummande mjöd
- och sedan ska vi med roade småleenden
se dig huttra framför våra sevärdheter

Problemet Gud

Problemet är att du inte finns, Gud
Problemet är att allt är en
evighetslång evolutionsprocess
Problemet är att du, Gud
inte skulle förstå kvantfysiken
ens om man serverade den på en tallrik
med pommes frites och ketchup
- och det är anmärkningsvärt
eftersom det ju borde vara du som uppfunnit den
Ja, problemet är du, Gud
Du kräver mycket, och uppträder i otaliga skepnader
Du låter din son korsfästas
som om detta vore en faders normala
uppfostringsmetodik
Du låter dig mejslas ut i otaliga altartavlor
Du låter dig oftast avbildas
men ibland uttalar du fatwas mot alla
som tecknar en av dina profeter
Du är svårplacerbar, Gud
Du tröstar och dräper med samma varma hand
Du vänder ditt anlete ifrån oss
när vi börjar känna att du gått över gränsen

Och så dyker du plötsligt upp igen
en alltför sen natt, insvept i barndomsångor,
ler ett melankoliskt leende,
och fattar tag om en darrande hand som svept alltför
många drinkar
Ja, svårplacerbar är du i sanning, och svårförutsägbar
Du myntade nog själv sloganen
"Outgrundliga äro Guds vägar",
och tog sedan genast copyright på den för att skydda dig
mot varumärkesintrång
För du är inte född igår, Gud,
och inte heller tappad bakom en vagn
Du har tänkt ut det hela så bra
och håller alla tiders filosofer sysselsatta
med frågan om ondskans existensberättigande i världen
Ja, du har fyllt många heltidstjänster
och gött månget offerlamm
Och du har egentligen bara ett enda litet problem;

Att du inte finns

Men det har ju inte hindrat andra från att
agera i ditt namn

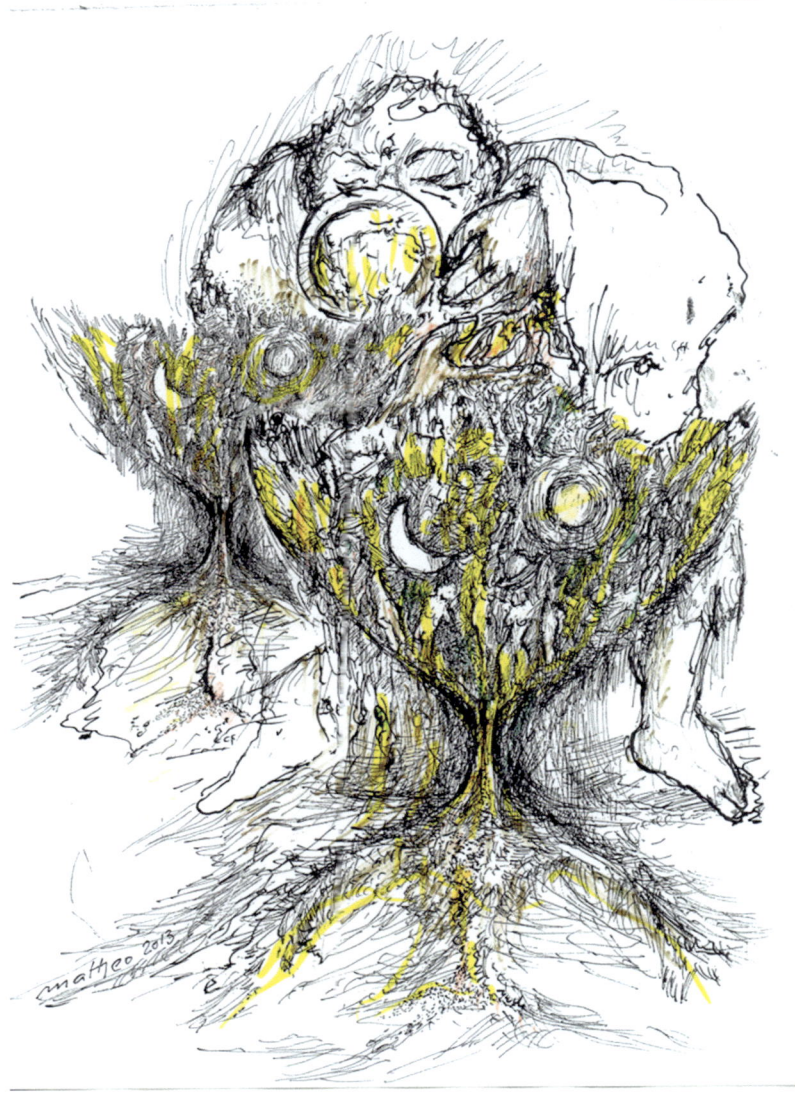

Kapellet

Ikonerna talar till denne hedning
Det finns ett djup, en tyngd, en smärta
som inte låter sig bortrationaliseras
Vetenskap, logik, tusentals år av illdåd
i religionens namn, javisst...
Men så, den där ikonen i det lilla kapellet
vid Argassis strand – ögonen, tystnaden
Stolarna som inbjuder till enslig kontemplation
när kraven inte längre biter
när plikterna lämnats utanför tröskeln

En kort stund är hedningen där
För evigt dallrar strängen i hans inre

Bougainvillea

De kallar dig bougainvillea
Jag vet
Jag har sett biologiböckerna
Du finns
Har ett namn
Men nu blöder du dig in
i min förmiddag
Vem vet var vi slutar?
Vem skriver biologiböckernas
nya oväntade kapitel?
Inte jag
Jag är fullt upptagen
med att ta till mig
dina orubbliga påståenden.
dina fullständigt ljudlösa
röda och lila skrik,
ditt oberoende
Vem bryr sig om vatten?
Vem bryr sig om instagramfoton?
Vem bryr sig om romantik?
Du gror, växer och klänger
dig in i ännu en vilsen poets text

Du är sedd!
Stenmuren har ingen chans

Sinnenas hus

Du är bjuden av Kaiti
Du tar vägen norrut från Zante stad
Du slingrar dig upp bland bergen
Du undviker getterna och stupen
Du väljer Radio Gamma på bilstereon,
sjunger med i de franska chansonerna
Du passerar viken med
det svavelhaltiga vattnet
Horisonten följer dig längs vägen
- havet lägger sig inte i dina vägval
Gud har photoshoppat det hela
så att färgerna matchar
Sedan svänger du plötsligt höger
in på den knaggliga vägen
och låter allt ditt vardagliga gnissel försvinna
när du äntrar Kaitis värld

Det första du ser är stenarna
Det andra du ser är stenarna
Sedan märker du att stenarna lever
- de stöttar bjälkar, gömmer glödlampor,
öppnar oanade prång,
skänker välbehövlig svalka

Så ser du balkongen
där Julia borde ha stått
om Romeo hittat hit
- kanske skulle hon då ha glömt sin kärlek
inför den hisnande havsutsikten,
och Romeo skulle besviken ha gått därifrån,
bråkat lite med grisarna och hönsen
i granngården, och sedan möjligen fått en
lift tillbaka till Zante stad
Men du stannar här
Du är bjuden
Dockorna hälsar dig välkommen,
blomstermålningarna ber dig stiga in, ta plats
i detta sinnenas hus
De finurliga arrangemangen
river ned dina murar mot det oväntade

Senare sitter du i trädgården
och försöker tyda syrsornas upphetsade morsesignaler
när de diskuterar din ankomst
och förmedlar den vidare över ön;
"Nordbon har anlänt,
det finns mycket som måste fyllas på
i hans sinnesdepåer,
han har flera batterier som behöver laddas,
hans mottagning är inte den allra bästa"

Du äter moussaka, dricker en kall Mythos-öl
Du känner resten av din varelse
sakta närma sig huset;
nu är dina känslor och din oro
framme vid grinden
Du inväntar dig själv
Här ska ni mötas!
Länge ska ni sitta vid Kaitis hus
- ja, ända tills ett och ett faktiskt blir två!

Nu tystnar syrsorna en kort stund
Nu vet alla att du äntligen är här

Liquer store

Hur kan man beställa
en proffsig skylt till sin affär
och sedan skriva Liquer store
istället för Liquor store?
Finns det då ingen automatisk
rättsinstans eller språkpolis
som träder in?
Betyder detta att även annat
till synes korrekt, uppenbart och orubbligt
kan ifrågasättas?
Jag testar nu med balkongdörren
av solitt glas
Tar jag mig igenom
ska jag skriva ett underfundigt tacktal
till Nobelbanketten i Blå Hallen

Den Röda Klippan

Ina lyfter stråken
och spelar de första tonerna av "Padam padam"
Nikos ackompanjerar följsamt på pianot
De rödklädda kyparna skyndar mellan borden
Sällskapet är åter samlat
I poeternas händer snurrar radbanden
I poeternas munnar snurrar orden
Meningar utväxlas, åsikter ifrågasätts
Solen bränner ännu över Solomos-torget
men Dionysos Solomos själv uthärdar hettan
lika bra som alltid där han står
fångad i sin staty
En poet känner till hettan,
men även kylan när dikterna bara försvinner
in i glömska
Nordbon jag närmar mig sällskapet
sitter mestadels tyst och insuper omgivningarna
Jag kommer långt bortifrån
från det land där poeterna aldrig snurrar
radband i händerna
men möjligen cocktailglas
på en årlig förlagssammankomst
Här i Zante stad glöder den Röda Klippan

Kulturen ligger nära ytan i de nötta gatstenarna
- hela tiden föds nya ord i de korta pauserna
mellan turisthästarnas klapprande hovar
och motorcyklarnas envetna knatter
Det är detta som skiljer – orden,
språket som förgrenar sig mellan stolar och bord
Nordbon blundar, försöker skingra
sin inre skygghet, försöker glömma
sitt behov av ensamhet och tystnad
Hör fiolen spela, ser radbanden snurra,
känner idéerna studsa som pingpongbollar
genom luften

Den Röda Klippan glöder
Sällskapet är åter samlat

Och Ina har alltid ännu en melodi att spela

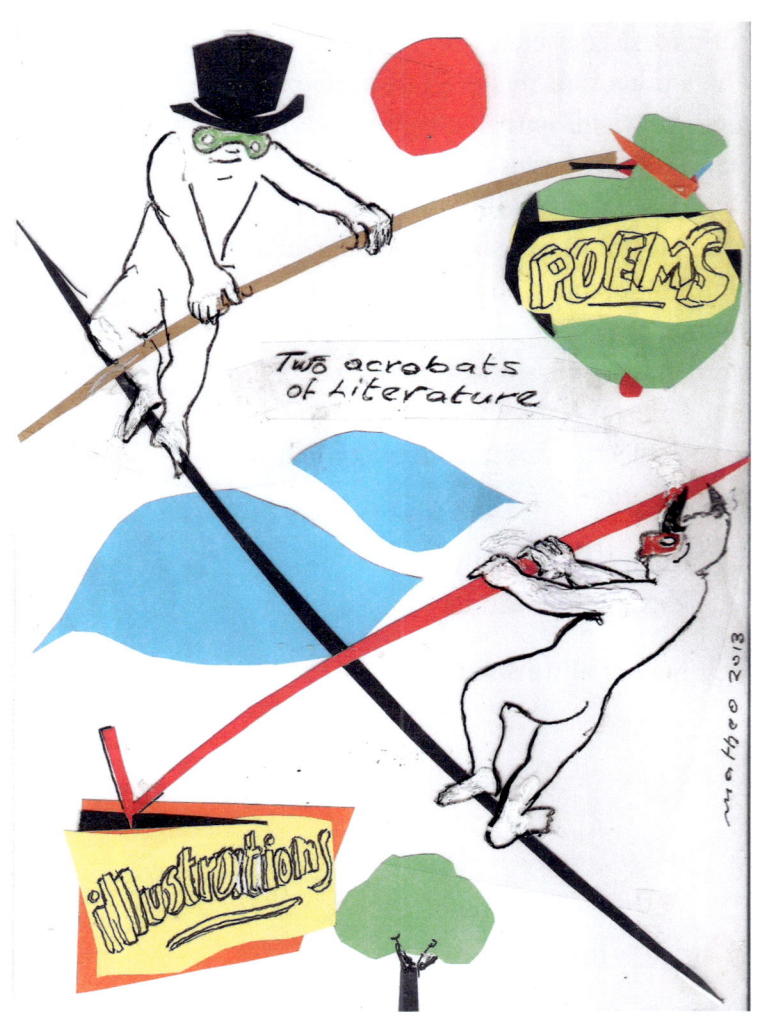

Two acrobats
of Literature